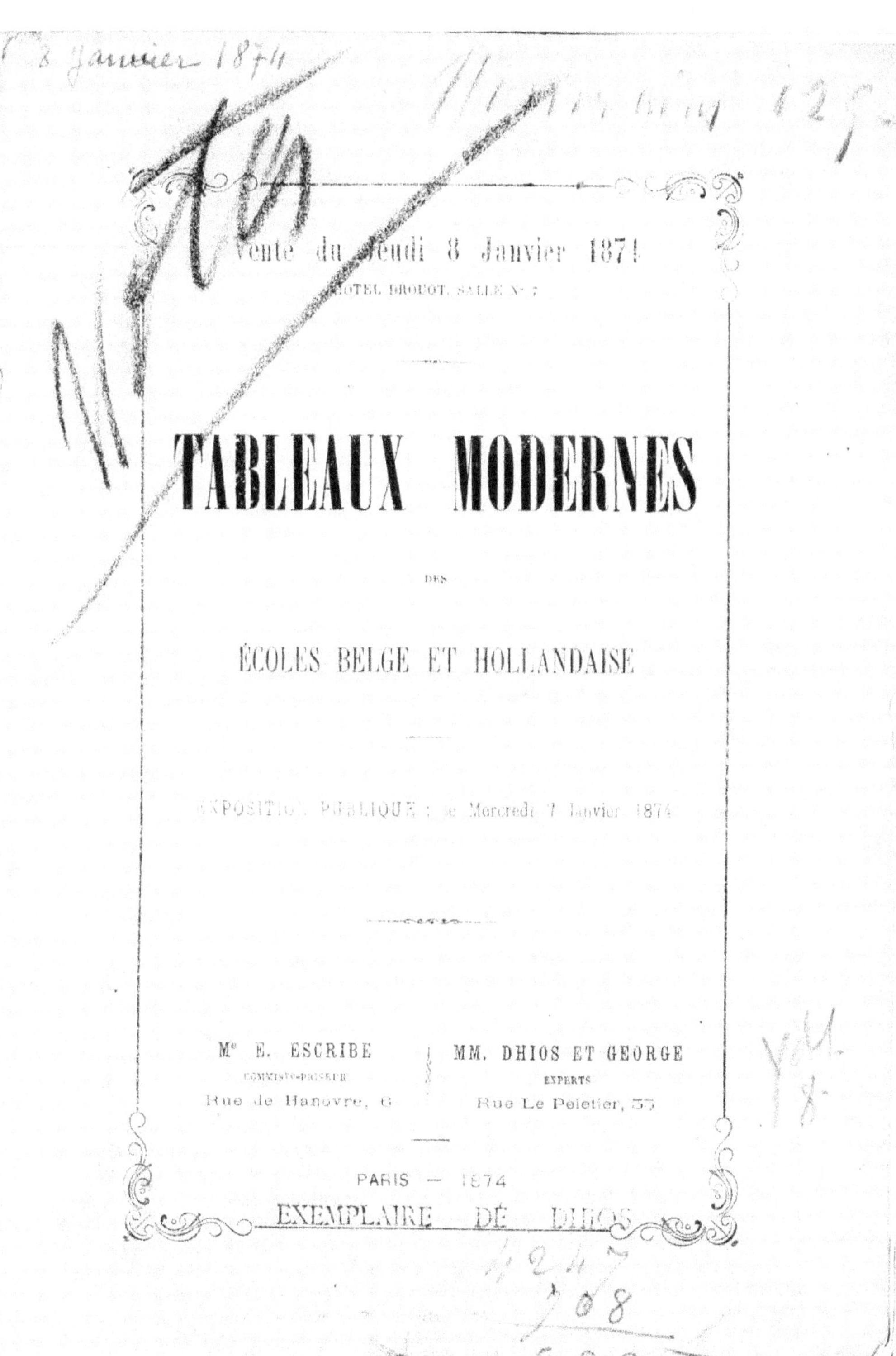

Vente du Jeudi 8 Janvier 1874

HOTEL DROUOT, SALLE N° 7

TABLEAUX MODERNES

DES

ÉCOLES BELGE ET HOLLANDAISE

EXPOSITION PUBLIQUE : le Mercredi 7 Janvier 1874

<table>
<tr><td>Me E. ESCRIBE</td><td>MM. DHIOS ET GEORGE</td></tr>
<tr><td>COMMISSAIRE-PRISEUR</td><td>EXPERTS</td></tr>
<tr><td>Rue de Hanovre, 6</td><td>Rue Le Peletier, 33</td></tr>
</table>

PARIS — 1874

EXEMPLAIRE DE DHIOS

Vᵉ RENOU, MAULDE ET COCK

IMPRIMEURS DE LA COMPAGNIE DES COMMISSAIRES-PRISEURS

Rue de Rivoli, 144

CATALOGUE

DE

TABLEAUX MODERNES

DES

ECOLES BELGE ET HOLLANDAISE

Dont la vente aux enchères publiques aura lieu

HOTEL DROUOT

SALLE N° 7

Le Jeudi 8 Janvier 1874

A DEUX HEURES

Par le ministère de M° **ESCRIBE**, Commissaire-Priseur,
rue de Hanovre, 8,

Assisté de **MM. DHIOS** et **GEORGE**, Experts, rue Le Peletier, 33.

EXPOSITION PUBLIQUE

LE MERCREDI 7 JANVIER 1874

PARIS — 1874

Bordeaux   *vente*   10

———

59 — *Lambruste* ————— 13
116 — *Grips* ———— 69
17 — *Deboul* ———— 25
18 — *id* ———— 18
23 — *Carabain* ————— 53 "
106 — *Heyligus* ———— 125 "
107 — *Grind* ———— 13 "
58 — *Dillens* ———— 80 "
70 — *Monléon* ———— 59 "
72 — *Pecrus* ———— 64 "
73 — *Dem* ———— 76
15 — *Deboul* ———— 71 —

740,10

DÉSIGNATION

DES

TABLEAUX

ALPHEN (M. van)

1 — La Lecture.
2 — Le Paresseux.
3 — Le bon Vivant.
4 — La Soubrette.
5 — La Lecture.
6 — Le Fumeur.

ANGUL

7 — Enfants et Cygnes.

BAKALOWICZ

8 — La Partie d'échecs.
9 — Départ pour la promenade.

BARNABA

10 — Marine.

BERG (Van den)

11 — La Chapelle.

BERG (Van den)

12 — Coq et Poule.

BEUL (Laurent de)

13 — Troupeau de moutons.
14 — Le Berger.

BEUL (H. de)

15 — Moutons et Canards.
16 — Gamins de village.
17 — Petite Fille et Lapins.
18 — Pêcheur à la ligne.

BRACKELAER (De)

19 — La Collation.

CAILLE (Léon)

20 — L'heureuse Mère.

CALCK (Van)

21 — Chèvres.

CARABAIN

22 — Repas sous la treille.
23 — Intérieur de village.

CECCHINI (E.-P.)

24 — Navire en mer.

CHAUVIN

25 — Femme grecque.

COENE (J.)

26 — Paysage boisé.

CRAEBEELS

27 — Fête de village.

CRAM (Mᵐᵉ)

28 — Poules.

DEBAST

29 — Canal : Clair de lune.

DEFACQ

30 — Poulailler.
31 — Moutons au pâturage.
32 — Moutons.
33 — Poules sur la lisière d'un bois.
34 — Moutons et Poules.
35 — Moutons et Poules.
36 — Moutons au bord d'un ruisseau.

DELVAUX (A.)

37 — Paysage boisé.

DILLENS (H.)

38 — Départ pour l'école.

ERPIKUM

39 — Tête de jeune fille blonde.

EECHAUT (C.)

40 — Gentilhomme examinant un tableau.

FRASOIS (A.)

41 — Poulailler.

42 — Moutons et Poules.

GEENS

43 — Les trois Trompettes.

GLIBERT (A.)

44 — Jeune Femme en costume Louis XV disposant un bouquet.

GRIPS (C.-J.)

45 — La Cuisinière hollandaise.
46 — La Dentellière.

GROOT (J. de)

47 — La Lecture de la lettre.

GUDIN (H.)

48 — Marine.
49 — Navire échouant sur une plage.

GUILLEMINET

50 — Poulailler.
51 — Poulailler.

HEDENCQ (De)

52 — Bacchante.

HOLLANDER (H.)

53 — Intérieur.

IMPENS (J.)

54 — Tête de Napolitain.

IMSCHOOT (J. van)

55 — Guerre de Crimée.

56 — Cosaque.

JONGHE (J.-B. de)

57 — Cavalier sur une route.

58 — Site montagneux et Cours d'eau.

LAMBRECHTS

59 — Femme zélandaise.

LEEMPUTTEN (Van)

60 — Poulailler.

61 — Coq et Poules.

LEEMPUTTEN (Van)

62 — Coq et Poules.
63 — Poules dans une prairie.
64 — Charrette attelée de trois chevaux.

LENS (P.)

65 — Monuments en ruines.

LUPPEN (Van)

66 — Moulin a eau.

MAR (D. de la)

67 — Villageois puisant.

MAROHN

68 — Pêche en hiver.

MOERENHOUT (J.-J.)

69 — Écurie.

MONLÉON (R.)

59 — 70 — Marine.

NEUCKENS (P.-J.)

195 — 71 — La Toilette de Marguerite.

PECRUS

64 — 72 — Jeune Femme occupée à broder.
76 — 73 — Dame du temps de Louis XIII, robe de satin.

PETIT (C.)

27 — 74 — Intérieur.
21 — 75 — Intérieur.

ROBBE

— 76 — Vaches dans une prairie.
— 77 — Vaches à la rivière.
40 — 78 — Villageoise gardant une vache.

ROBBE (HENRI)

64 — 79 — Pêches, Raisins et Prunes.

SAEDELER (De)

80 — Cour de ferme.

SEBEN (H. van)

81 — Patineurs.

82 — Enfants de pêcheurs.

SENEZCOURT (Ch. de)

83 — La petite Fille au bouquet.

84 — Petite Paysane.

STACHE (Adolphe)

85 — La Romance du troubadour.

TROUILLEBERT

86 — Nymphe attachée a un arbre.

VELGHE (A.)

87 — Chevaux.

VENNEMAN (Ch.)

88 — Homme endormi.

VENNEMAN (Ch.)

89 — La partie de tric-trac.

VERBOECKHOVEN (L.

90 — Mer houleuse.

VERDYEN

91 — Jeune Femme au théâtre.

VERWÉE (L.-P.)

92 — Animaux au pâturage.
93 — Moutons.
94 — Moutons.
95 — Deux Moutons.

ÉCOLE MODERNE

96 — La Lecture.

Signé P. G. Speman.

ÉCOLE MODERNE

97 — Bords de rivière.

98 — La jeune Mère. Signé Willems.

99 — Enfant donnant à manger à des canards. Pendant du précédent.

100 — Jeune Fille donnant à manger à des poissons. Signé Stevens.

SPRINGER

101 — Vue de Hollande

BONNER (H.)

102 — Chien attelé à une voiture de légumes.

PLUMOT (A.)

103 — Bergère et Moutons.

CHAIGNEAU (F.)

104 — Forêt de Fontainebleau.

VENNEMAN (C.)

105 — La Visite au grand-père.

HEYLIGERS

106 — Dame donnant du sucre à un oiseau.

GRIPS

107 — Intérieur de cuisine.

HUYGENS

108 — Bouquet de fleurs.

Ves RENOU, MAULDE et COCK, Imp. de la Compagnie des Commissaires-Priseurs, rue de Rivoli, 144. 39276

RED. :

20

graphicom

MIRE ISO N° 1
NF Z 43-007
AFNOR
Cedex 7 - 92080 PARIS LA-DÉFENSE